29e ANNIVERSAIRE

DE

L'ABOLITION DE L'ESCLAVAGE

COMPTE RENDU

DU

BANQUET COMMÉMORATIF

DONNÉ

A FORT-DE-FRANCE (MARTINIQUE)

LE 5 MAI 1877

PARIS

IMPRIMERIE DE E. BRIÈRE

Rue Saint-Honoré, 257

—

1877

29ᵉ ANNIVERSAIRE

DE

L'ABOLITION DE L'ESCLAVAGE

— ◦◦ᴈ◦ᴈ◦◦ —

COMPTE-RENDU DU BANQUET

Le 5 mai dernier, un certain nombre de Citoyens de toutes conditions se réunissait pour fêter la date mémorable de l'abolition de l'esclavage. Comme en 1876, l'initiative du Banquet appartenait au citoyen Auguste Waddy ; comme l'année dernière aussi, ses amis s'étaient empressés de se rendre à son patriotique appel. Ils eussent été bien plus nombreux si l'exiguïté d'un local disponible nous eût empêché de les accueillir tous.

Mais il n'importe. Le mouvement était donné, il a été suivi, il le sera encore et toujours, nous en avons pour gage l'entrain fort louable de nos amis et le bon ordre qui n'a cessé de présider à cette fête de famille.

Quand, il y a un an, nous nous sommes réunis pour rappeler à nos Concitoyens ce que nous étions avant l'esclavage et ce que nous sommes depuis l'émancipation, des détracteurs n'ont pas manqué de crier que nous avions prononcé des paroles de haine, sans s'apercevoir peut-être qu'ils nous prêtaient gratuitement de mauvais sentiments dont ils étaient eux-mêmes persuadés.

Nous avons répondu en publiant tous les discours prononcés au Banquet, et ils sont rentrés dans l'ombre.

Aujourd'hui même, non contents d'avoir essayé de désorganiser par avance une réunion d'où les écarte leur indignité, ils calomnient encore, espérant que, selon la doctrine des disciples de Loyola, il en resterait toujours quelque chose. Il ne se sont pas trompés, il est resté pour eux la honte, qui est le partage ordinaire de ceux qui se cachent et font mal. Quant à nous, il nous suffisait de soumettre à nos Concitoyens, au moyen d'une publicité bien entendue, l'expression de nos sentiments, pour que ceux-là mêmes qui étaient enclins à prêter une oreille facile à nos calomniateurs puissent juger entre eux et nous.

A sept heures et demie on annonça l'arrivée du citoyen Edouard Laroche. Notre président du 5 mai 1876 n'avait pas voulu, bien que souffrant, nous priver de l'honneur de l'avoir parmi nous. Il savait bien quel était l'accueil qui l'attendait et comprenait que lui, qui est un des vétérans de l'ancien régime, plus que tout autre, il pouvait nous inspirer le sentiment des espérances tenaces et des résolutions énergiques. Il fallait que tous les âges fussent confondus, que les jeunes qui avaient organisé le Banquet et qui devaient parler du présent et de l'avenir, se sentissent inspirés des leçons du passé. Qui, mieux que notre doyen, pouvait les donner? C'est ce que, d'ailleurs, le citoyen Auguste Waddy rappela en des termes excellents à la réunion, qui appuya d'applaudissements chaleureux, le compliment adressé au citoyen E. Laroche.

On prend place autour de la table du Banquet, et le citoyen E. LAROCHE s'exprime en ces termes :

Messieurs et chers Concitoyens,

Je vous dois les plus sincères remerciements pour l'insigne honneur que vous me faites de m'appeler, pour la deuxième fois, à la présidence du Banquet commémoratif de l'abolition de l'esclavage.

Bien que je ne doive cette heureuse circonstance de ma vie qu'à la faveur de mon âge, je dois être fier de me voir placé à la tête d'une si brillante réunion, composée de patriotes animés du sentiment de la plus pure fraternité.

L'état de ma santé ne me permettant pas de rester longtemps à la place que vous m'avez assignée, je me vois contraint, chers Concitoyens, de vous prier d'agréer à cette occasion l'expression de mes regrets, laissant à des voix plus autorisées que la mienne le soin de vous parler de ces généreux apôtres de la liberté, de ces hommes illustres qui ont tant fait pour le bonheur de l'humanité.

L'abolition de l'esclavage, Messieurs et chers Concitoyens, restera le titre le plus glorieux de ces hommes éminents à notre reconnaissance et à celle de nos arrières neveux.

Après ce discours, accueilli par de nombreux applaudissements, le Banquet commença.

Au dessert, la parole fût accordée au citoyen Auguste Waddy, qui s'exprima ainsi :

Citoyens,

L'année dernière, à pareille époque, nous étions réunis, comme aujourd'hui, pour fêter l'anniversaire de l'abolition de l'esclavage. Cette fête de la famille coloniale n'eût pas eu lieu alors, si la jeune génération à laquelle appartient l'initiative du Banquet du 5 mai, avait prêté l'oreille aux tristes suggestions de ceux qui ne voient dans le passé qu'une menace perpétuelle, comme si le bien était moins éternel que le mal.

Il est bon de se souvenir du passé, alors surtout qu'il renferme d'utiles enseignements pour l'avenir ; il est bon de s'en souvenir, ne serait-ce que pour ren-

dre un public et éclatant hommage à la mémoire de
ces généreux défenseurs de l'humanité, qui ont si
complétement réparé le crime le plus monstrueux qui
ait ensanglanté nos annales, en rendant à la liberté
plus de 260,000 hommes qui gémissaient alors dans
les fers : la pratique de la reconnaissance est une
vertu républicaine.

En nous réunissant donc, chaque année, pour fêter
cette grande victoire de l'humanité, nous faisons acte
de bons citoyens et nous nous montrons dignes de la
liberté.

En France, les hommes les plus éminents du parti
démocratique se font un devoir d'honorer de leur
présence ce Banquet du 5 mai. C'est pour eux une occasion de célébrer un des plus grands bienfaits de la
République, et de développer devant tous des principes de modération et de sagesse. Chaque année nos
nombreux compatriotes de Paris, s'empressant autour de ces citoyens illustres, vont écouter avidement
leurs discours et puiser dans l'autorité de leurs paroles la force et l'union nécessaires à ceux qui ont
souci de leurs droits et de leurs devoirs.

Si, parmi nous, nous n'avons pas de ces grands
talents, du moins, à leur exemple, ceux que leur âge
et leur expérience placent naturellement à notre tête
à la Martinique, viendront soutenir de leurs encoura-
gements l'œuvre de conciliation que nous avons entre-
prise, et ainsi sera atteint le but utile du Banquet de
l'anniversaire de l'abolition de l'esclavage.

Citoyens,

Je ne pensais pas avoir à parler aujourd'hui devant
vous : l'honneur qui s'attache à cette distinction devait revenir d'abord à ces vénérables citoyens dont je
viens de parler, à ces contemporains d'un autre âge,
qui ont été acteurs dans nos luttes d'autrefois, et qui,
après avoir contribué et assisté à la réparation d'une
grande injustice, peuvent aujourd'hui juger de la
différence des régimes, et parler avec autorité des
bienfaits de la Liberté.

En plus grand nombre que l'année dernière, ils
sont venus donner plus de gravité et de solennité à

notre modeste Banquet : et c'est à eux à prendre la parole.

Mais vous avez voulu que celui qui signa le premier le principe de la représentation effective à nos Assemblées, fût aussi le premier à vous parler aujourd'hui de la Liberté.

Je vais donc essayer de m'en acquitter en vous disant en peu de mots ce que nous entendons par Liberté, comment nous devons l'exercer ; en un mot, ce que nous pensons des droits et des devoirs de l'homme libre.

La Liberté se résume pour nous dans la jouissance et l'exercice de nos droits : c'est la libre pratique de nos volontés, sans attenter à celles d'autrui ; c'est aussi l'obligation pour tous de travailler à la plus grande extension de ces droits ainsi qu'à la propagation du grand principe que Flourens définit : « L'intelligence qui juge, qui délibère, qui choisit. »

En résumé, la Liberté, comme l'ont si bien dit Raynal, Vertot et Voltaire : « C'est la propriété de soi-même. » Écoutez Voltaire :

La Liberté que tout le monde adore,
Donne à l'homme un courage, inspire une grandeur
Qu'il n'eût jamais trouvé dans le fond de son cœur.

Oui, citoyens, la Liberté est l'âme qui anime le monde entier, elle inspire aussi bien l'homme que le plus déraisonnable des animaux : elle est l'âme de la nature. Aussi est-elle au-dessus de toute atteinte lorsqu'on sait en user avec discernement, et que, l'exerçant dignement, l'on travaille à la maintenir dans les limites de la sage raison.

Mais elle ne peut produire de bons résultats qu'à la condition qu'elle soit mise en honneur par le travail, qui est, lui, l'âme du progrès.

C'est par le travail que l'homme tient une place honorable dans la société ; c'est le travail qui féconde les fruits de la civilisation : ennemi de l'oisiveté et de l'ignorance, il crée la propriété, il attache le citoyen à sa patrie, il l'intéresse au maintien de l'ordre social, il lui inspire l'amour de la Liberté. Les nations ignorantes et paresseuses sont les seules qui courbent leur front sous le joug de l'esclavage.

L'avenir appartient donc aux classes laborieuses.

Est-il besoin de preuves ? Nous n'avons qu'à jeter les yeux autour de nous. Tous les jours nous voyons notre population ouvrière sortir des rangs les plus obscurs de la société coloniale, et s'élever, par degrés, grâce à son travail, à des positions quelquefois enviées, mais toujours honorables ; s'initier à tous les problèmes de la vie politique, et déployer dans nos luttes électorales une intelligence et une activité que nous voudrions voir chez tous :—également éloignée et de l'indifférence calculée de ces hommes toujours portés à s'isoler dès que la fortune leur a fait une certaine aisance, et de la crédulité naïve de ceux qui se laissent exploiter.

Il faut user de nos droits avec ce calme, avec cette modération qui est dans un parti le signe le plus marqué de la force sans faiblesse, car la modération n'exclut pas l'énergie.

Ne craignons pas que nos droits soient désormais méconnus : la République a triomphé des ennemis de la liberté ; sa proclamation définitive nous est un sûr garant que ces droits sacrés ne pourront plus nous être enlevés.

Voltaire l'a dit :

> S'il est un droit sacré, durable, illimité,
> Que le long cours des ans ne puisse pas détruire,
> Qui, par des règlements ne puisse se prescrire,
> C'est l'immuable droit de notre Liberté.

Et ne voyons-nous pas aujourd'hui tous les souverains de l'Europe donnant au monde entier le spectacle d'un libéralisme contraint, s'efforçant de retenir par des semblants de liberté leurs couronnes qu'emportera bientôt ce souffle immense, irrésistible, sorti de tous côtés des poitrines oppressées des nations.

Ce souffle, citoyens ! c'est le cri de Liberté !

Mais, citoyens, de ce que la Liberté nous soit acquise à jamais, il n'en résulte pas que nous soyons libres, de toute obligation. Il est des devoirs importants, impératifs, qui s'attachent à la condition d'homme libre, et sans l'accomplissement desquels nous ne sommes rien, si ce n'est des corps sans âme, indignes de la Liberté.

Celui-là qui s'affirme dans la société par le respect des lois et le dévouement à la chose publique ; qui honore la société par son travail, secourt l'humanité, et qui sait au besoin se sacrifier à sa patrie ; celui-là, citoyens, nous l'appelons l'homme libre.

Mais il est malheureusement des hommes qui mettent leur orgueil et leur intelligence au service de leur égoïsme et de leur ambition, ou qui se passionnent pour un parti au point de placer l'intérêt privé au-dessus de l'intérêt général ; d'autres qui ambitionnent les honneurs et ne voient dans les fonctions publiques qu'un moyen d'arranger leurs affaires particulières. Ce sont les pires ennemis de la société.

Ces mauvais citoyens, il faut les combattre sans crainte, partout où nous les rencontrerons, car il sont un obstacle sérieux à la marche du progrès, à l'extension de nos libertés.

C'est par l'exercice bien entendu du suffrage universel que nous les vaincrons, et que nous faciliterons leur tâche aux représentants du peuple, aux défenseurs de la démocratie. C'est aussi par des choix bien raisonnés que nos divers intérêts seront sauvegardés.

Il faut donc que le concours de tous soit efficace, et que le principe de la représentation effective à nos Assemblées ne soit pas méconnu : — les partis disparaissent, les principes restent.

Elevons-nous donc au-dessus des partis en nous unissant sincèrement dans une commune pensée: l'avenir du pays d'où dépend le bonheur de tous, et marchons d'un pas ferme dans la voie du progrès que nous a ouverte l'ère immortelle de la Liberté.

Vive la République !

Après ces paroles, souvent interrompues par les applaudissements, M. Waddy présente à la réunion les excuses de M. Jules Duquesnay, retenu près de sa mère malade.

––––––––––

M. Marius Hurand, conseiller général, prononce alors le discours suivant :

CHERS CONCITOYENS,

M. de Lally-Tollendal disait aux nobles qui se refusaient à toute concession : « Songez, Messieurs, qu'il y a dans la marche des révolutions une » force des choses qui l'emporte sur celle des hom- » mes. Il a été une époque où il a fallu que la servi- » tude fût abolie, et elle l'a été ; un autre où il a fallu » que le Tiers-Etat entrât dans les assemblées natio- » nales, et il y est entré ; en voici une où il faut don- » ner aux représentants de 25 millions d'hommes la » légitime part d'influence qui leur est due. Il dépend » de la noblesse de prendre une part à cette révolution » et d'en tirer de nouveaux sujets de gloire pour elle.»

Oui, Messieurs, il y a une force des choses qui l'emporte sur celle des hommes, et les pouvoirs les plus tyranniques, les plus forts ne peuvent rien contre cette force des choses. Il n'est pas d'exemple dans l'histoire que l'oppression n'ait été à son tour domptée, dominée même après des siècles, comme il n'est pas d'exemple que cette sainte cause, la liberté, n'ait été enfin conquise par tous ceux qui savaient combattre pour elle, mais aussi qui savaient ne pas désespérer.

Quand la Convention eut décrété, en 1793, l'abolition de l'esclavage dans toutes les colonies françaises, un tyran se présenta qui remit dans les fers ceux-là mêmes qu'on avait déclarés libres. Il est vrai que ce tyran devait bâillonner toutes les libertés même celle de faire le bien, comme le disait Mme de Staël.

Tandis qu'un Concile, tenu en 1102, à Londres, avait interdit la traite des esclaves, plus tard, en 1763, un odieux traité assurait à l'Angleterre le monopole de ce trafic.

En 1773, Wilberforce, le grand Wilberforce entreprend de défendre l'humanité outragée, de faire cesser toutes ces trahisons à la morale. En 1780, Thomas Clarkson demande au Parlement l'abolition de cet odieux trafic, et ce n'est qu'après avoir été présenté sept fois par Wilberforce au sein du Parlement, et sept fois repoussé, que ce principe a pu triompher, en 1806, et devenir au Congrès de Vienne un engagement solennel de toutes les puissances européennes.

C'est que la liberté souffre violence ; non point la violence méchante, perfide, injuste, mais cette volonté tenace et inflexible qui ne recule devant aucun mécompte, aucune difficulté.

Ce n'est pas tout. Il y n'avait là qu'un premier pas de fait. Un membre du Parlement anglais, Buxton proposait, en 1823, l'abolition de l'esclavage dans toutes les colonies anglaises. Eh bien ! ce n'est que dix ans plus tard et après de longues hésitations que l'acte d'abolition était promulgué — 28 août 1838 — et ce n'est qu'en 1838-1839 que l'émancipation devint complète, définitive aux colonies anglaises.

Quant à nous, nous attendions encore que les lenteurs administratives vinssent mettre enfin un terme à nos souffrances, quand Schœlcher, ce Schœlcher qui avait voulu tout voir par lui-même afin de mieux stigmatiser l'ignominie de nos maîtres, vint proposer, au lendemain de la révolution de Février, le 4 mars 1848, que cette institution immorale entre toutes ne souillât plus désormais aucune terre française. C'est qu'il comprenait, ce grand citoyen, qu'un pays qui conquiert sa Liberté en est indigne si tous ses fils ne sont pas libres; il comprenait que le plus puissant moyen, le seul peut-être d'intéresser les hommes au sort de leur patrie, puisqu'on nous en donnait une, c'est de les faire participer à son gouvernement.

Libres et citoyens ! Notre premier avatar commençait. L'émancipation, c'était, pour me servir d'une expression du plus grand de nos pactes, c'était la grande page nouvelle, c'est par elle que l'avenir d'aujourd'hui commença.

Certes, elle s'est fait attendre cette force des choses qui devait l'emporter sur celle des hommes. Comme le berger de Virgile, elle nous a regardés tard cette Liberté, mais enfin elle est venue en dépit de tous les obstacles, de toutes les tyrannies.

Oui, il a été une époque où il a fallu que l'esclavage fût aboli, et il l'a été. Il a été une époque où il a fallu que notre Tiers-État à nous entrât dans les assemblées nationales, et il y est entré ; que nous fussions tous libres et citoyens, et nous le sommes.

Nous le sommes, mais n'avons-nous plus rien à faire ? Tout libres que nous nous figurons être, ne sommes-nous pas restés esclaves à beaucoup d'égards — esclaves de nos préjugés, esclaves de notre ignorance, esclaves de notre apathie vis-à-vis de nos devoirs de citoyens ? Non, nous n'avons pas dépouillé le vieil opprimé.

Certes, il est glorieux pour l'athlète qui a déployé toute sa force musculaire et qui a presque fait balancer la victoire en sa faveur, il est glorieux d'arriver à ce suprême effort qui lui permettra de recueillir enfin le prix d'une victoire chèrement gagnée. Mais si, par hasard, désespérant de vaincre, il abandonne les avantages obtenus et compromet l'honneur d'une situation imposante, c'est une honteuse capitulation.

Il ne faut pas qu'il en soit ainsi de nous. Les champs de la Liberté sont vastes ; le domaine des droits et des devoirs est sans limite, et chaque conquête engage à une conquête nouvelle et plus grande.

Si nos pères, si tous ceux-là qui, du milieu des fers, luttaient sans succès, mais non pas sans gloire pour la sainte Liberté, se présentaient parmi nous pour constater le pas immense que nous avons fait dans la voie du progrès, combien leurs âmes tressailleraient de joie, de bonheur, en nous entendant énumérer les conquêtes que, depuis moins de trente ans, nous avons faites. — conquêtes dans la magistrature, conquêtes dans le barreau, conquêtes dans la médecine, dans l'administration, enfin, dans toutes les branches du progrès, car toutes, aujourd'hui, nous sont accessibles ; combien ils penseraient plutôt à bénir ceux qui nous ont rendus libres qu'à maudire ceux qui nous asservissaient !

Nous aussi, chers Concitoyens, si nous nous réunissons, chaque année, pour fêter l'abolition de l'esclavage, nous ne sommes mûs que par un sentiment de gratitude, de reconnaissance et d'encouragement à mieux faire pour bien mériter de ceux qui ont consacré leurs veilles, leurs forces, leur fortune, parfois même leur vie, à la grande œuvre que vous savez.

Non, nous n'agitons point des fers déjà brisés, nous n'applaudissons point aux représailles des uns et des autres, nous ne faisons aucun appel aux mauvaises passions, nous n'excitons à aucune vengeance. L'esclavage a été aboli. Le passé est bien mort, et nous

ne croyons plus, Dieu merci, aux manifestations d'outre-
tombe.

En un mot, chers concitoyens, si, dans ces fêtes de
famille, nous tournons toujours nos regards vers le
passé, c'est que, comme le vieux soldat qui montrait
d'horribles cicatrices, nous sommes heureux de dire :
« Ces blessures ont été larges et profondes, mais ceux
qui les ont faites ne sont plus. »

Et si nous jetons le regard sur le chemin parcouru,
chemin raboteux, difficile, nous sommes fiers de nous
écrier en poursuivant le chemin devenu meilleur aujourd'hui : Merci aux apôtres de l'humanité ! Honneur aux Wilberforce, aux Clarkson, aux John Brown,
aux Lincoln ! et Vive Schœlcher !

Ces belles et bonnes paroles ont été accueillies
par des bravos répétés et par de longs applaudissements. Chacun s'empresse autour du jeune
avocat pour le remercier, tant sa chaleureuse
éloquence a gagné les cœurs.

Le silence se rétablit bientôt. M. le docteur
O. DUQUESNAY a la parole.

MESSIEURS,

Nous fêtons aujourd'hui l'anniversaire de l'abolition de l'esclavage.

Permettez-moi de vous dire en quelques mots ce
que nous avons été et ce que nous sommes. Quand
on parle d'esclavage, il est bon de dire ce qu'était
l'esclave, afin de bien apprécier les bienfaits de la
Liberté ; car, alors, il n'est pas de sacrifices qu'on ne
s'impose pour garder ce bien suprême.

Quelle a été l'origine de cette grande iniquité ?

Quelle a été la condition de l'esclave chez les
anciens ?

Dans les temps les plus reculés, l'homme, obligé de
réagir contre les forces fatales pour se conserver, re-
chercha les causes et les lois qu'il lui fallait connaître
pour ne pas succomber dans cette lutte gigantesque.
Il voulut trouver la cause, mais, trop ignorant, il ne
put la concevoir, et l'identifia avec les phénomènes
énergiques qui frappaient ses regards. Et, comme ces

phénomènes ont un caractère de fatalité, il reporta ces caractères dans la cause suprême. Suivant cette vue des choses, l'univers était gouverné par une hiérarchie de puissances obéissant à une puissance première. On prit pour modèle de l'organisation de la société, l'organisation de l'univers telle qu'on se la représentait ; et, concevant l'ordre du monde comme un système de forces physiques subordonnées les unes aux autres, on fut enclin à transporter cette même idée dans la société et à confondre ainsi le droit avec la force.

L'oppression pénétra partout, et premièrement dans la famille. Livrée aux caprices du mari ou de l'être fort, la femme fut opprimée par la polygamie ; l'enfant par l'autorité arbitrairement absolue du père, qui devint le type du pouvoir social relevant uniquement de la force pure.

Or, qu'est-ce que cela, sinon l'institution de l'esclavage ? L'obéissance à la force pure, n'est-ce pas l'obéissance de l'esclave ? Mais cette obéissance matérielle en dehors de tout droit véritable et de tout devoir, est l'obéissance des brutes, et c'est trop dire encore, l'obéissance des choses, de ce qui ne vit ni ne sent. Car l'animal, mû par l'instinct, résiste à la force pure. L'esclavage implique donc l'abolition, la négation de la personnalité, et, conséquemment, de tout ce dérive de la personnalité et la suppose : le mariage, la famille, la propriété. Et comme l'a dit le grand apôtre Lamennais. « L'esclave ne se marie pas, il n'a point de femme, il a une ou plusieurs femelles qui produisent au profit du maître ; l'esclave n'a point de famille, point d'enfants, il a des petits qui appartiennent comme lui au maître ; l'esclave possède, consomme ce que le maître lui alloue pour sa subsistance, mais il n'a point de propriété, il est lui-même la propriété du maître. »

L'apparition de l'esclavage dans le moment est le fait le plus grave que présente l'histoire primitive de l'humanité. Il se lie, comme une conséquence nécessaire aux religions de la nature, c'est-à-dire aux premières idées que l'homme se fit de la cause suprême et de ses rapports avec l'univers. Telle a été la civilisation dans les premières sociétés politiques connues.

Elles durent toutes leur origine à des races sacerdo-
tales, dépositaires de la science et de la tradition.
Elles imposèrent la loi avec autorité.

Dans l'Inde, le panthéisme, en identifiant la
création avec son auteur, ne voit en toutes choses que
des manufestations idéales de l'Etre infini. Dans cette
société où l'individu n'est rien, il n'exista que des
castes, c'est-à-dire un esclavage par masses. L'Egypte
aussi fonda sur les castes son système social ; sous la
direction du sacerdoce, la royauté gouvernait avec une
puissance absolue. L'esclavage régna dans sa pleine
rigueur, il était le fond de l'organisation même.

L'esclavage existait aussi chez les Juifs, mais un
esclavage doux. Moïse avait bien fondé la société sur
l'égalité et la fraternité, mais l'égalité de race, telle
qu'on la conçoit entre les fils d'un même père, et la
fraternité charnelle. Il ne s'éleva pas jusqu'à l'idée
de la fraternité humaine. Chez les Grecs et les Romains, l'égalité et la liberté sont bien la base du droit
qui règle les relations entre les citoyens, mais en
dehors de la cité, il n'existe ni droit, ni devoir, ni égalité, ni liberté, ni fraternité, ni personnalité. La force
pure règne seule. Pour l'esclavage point de mariage
point de famille, point de propriété. Simple instrument
de travail, il est meuble, il est chose.

L'essence de l'esclavage est, en effet, comme nous
l'avons vu, la destruction de la personnalité humaine,
c'est-à-dire de la Liberté ou de la souveraineté naturelle
de l'homme qui fait de lui un être moral, responsable
de ses actes, capable de vertu. Ravalé au rang de l'animal et au-dessous même de l'animal, il est rejeté en
dehors du droit, de l'humanité, et conséquemment de
tout droit aussi bien que de tout devoir.

L'esclavage dans les colonies est l'horrible copie de
l'esclavage antique, avec toutes ses rigueurs, avec toutes
ses horreurs.

Je vous épargne, Messieurs, le tableau des tortures
qu'ont inventées les bourreaux et les navrantes dou-
leurs des innocentes victimes.

Maintenant que sommes-nous ?

Nous sommes libres et citoyens, nous jouissons de
tous les droits que confèrent ces titres. Honneur à la
République, c'est à elle, à elle seule que nous devons

cés biens si chers. Aimons-là, aimons-la passionnément
et rendons-nous chaque jour plus dignes des titres
qu'elle nous a conférés.

Nous avons rapidement marché dans la voie du
Progrès, nous avons fait bien des conquêtes sur nous-
mêmes ; mais il nous reste beaucoup à faire, et nous
rencontrerons bien des difficultés. Outre les maux
inhérents à notre condition humaine, nous avons à
lutter encore contre ceux qui viennent de l'imperfec-
tion de chacun de nous. Mais plus nous nous affran-
chirons de l'ignorance et de nos mauvais penchants,
plus aussi nous atténuerons les maux dérivés du vice
de la société et perfectionnerons la socité elle-même,
qui, à son tour, rendra possible un perfectionnement
nouveau. C'est en vertu de cette action réciproque de
l'individu sur la société, de la société sur l'individu
que s'accomplit le progrès social, et en définitive l'ordre
général et le bien-être de tous. — Les libertés s'en-
chaînent les unes aux autres et ne développent en
même temps que notre développement dans le bien et
la vertu. Ainsi donc travailler à nous rendre meilleurs,
c'est travailler à nous rendre plus heureux, travailler
à nous rendre plus heureux, c'est travailler à nous
rendre meilleurs.

Il n'est pas vrai que les maux qui engendrent les
vices de notre société seront toujours les mêmes ;
non, le progrès, n'est pas un vain mot, l'humanité ne
tourne pas dans un cercle fatal. Elle se développe
incessamment, incessamment elle passe d'un état im-
parfait à un autre qui l'est moins, aveugle celui qui
oserait le nier. Aussi j'éprouve un véritable sentiment
d'orgueil quand je mesure le chemin parcouru ; le
passé est déjà loin de nous, et cependant il n'y a que
vingt-neuf ans que nous vivons de la vie politique et
sociale. Mais, Messieurs, si en très-peu de temps
nous avons tant acquis, gardons-nous de l'impatience ;
ceux qui étaient avant nous sur la brèche vous diront
tout ce qui leur a fallu de vertu, de patience, de sagesse et d'union. Il ne faut pas que chacun suive sa
pensée, il faut l'accord, il faut s'entendre sur ce qui
est à faire et sur les moyens. N'oublions pas que les
efforts opposés s'annulent mutuellement.

L'un veut ceci, l'autre veut cela, selon la passion qui l'entraîne. Les résolutions les plus insensées trouvent quelquefois des partisans d'autant plus exaltés, d'autant plus fanatiques qu'elles choquent plus violemment la conscience et le bon sens. Et qu'advient-il? Que, fatigué de cette lutte infructueuse d'où il ne peut sortir rien de salutaire, on se décourage peu à peu, on se retire, on se dit : A quoi bon lutter? A quoi bon se sacrifier sans profit pour personne? mieux vaut accepter ce qui existe et qu'on ne changera point, et alors, s'occupant de soi-seul, on fait comme tant d'autres, et l'on s'enveloppe dans son égoïsme. — Messieurs, pour faire quelque chose de durable, il faut réunir toutes les volontés en une seule volonté, il faut une commune foi et un commun amour, car on veut ce qu'on croit et ce qu'on aime.

Soyons attentifs, nous sommes avertis par les faits antérieurs, réunissons nos efforts pour que notre travail soit fécond, pour que l'avenir désiré si ardemment ne soit pas entravé, retardé par des actions perturbatrices.

. . . .

De vifs applaudissements couvrent ces paroles.

M. YANEST DUQUESNAY, ingénieur des arts et manufactures, se lève et prononce le discours suivant :

MESSIEURS,

Ainsi qu'on vous l'a dit tout à l'heure, nous avons raison de nous réunir aujourd'hui pour fêter l'anniversaire de l'abolition de l'esclavage ; cette réunion, qui nous rappelle la plus grande des iniquités, celle qui armait la loi pour torturer la Liberté au profit de l'intérêt privé, doit produire ici, comme ailleurs, des enseignements pour tous.

L'abolition de l'esclavage est la destruction du plus atroce de tous les attentats qui ont été commis par les hommes. Les œuvres de l'esclavage ont un caractère de bestialité sauvage ; aussi, l'éternel châtiment de ceux qui ont été les exécuteurs de si basses œuvres et d'avoir appliqué dans la plénitude de leur raison et sans remords de conscience, la loi des animaux féroces, c'est-à-dire la force brutale s'insurgeant contre le droit au soleil, étouffant la justice, garottant la pitié même au seuil du cœur humain.

Il y a, Messieurs, des gens qui s'étonnent encore de nous savoir réunis pour une cause aussi grande et aussi légitime, ceux là étonnent tout le monde et je ne sais comment ils n'ont pas étonné l'institution elle-même pour lui avoir donné une si longue durée parmi nous. Pour moi, Messieurs, je suis à mon tour bien plus étonné qu'on ait cherché, non-seulement à excuser l'esclavage, mais encore à en démontrer quelquefois la nécessité. On l'a appelé raison d'Etat, raison sociale, on a dit qu'il était la conséquence du droit des vainqueurs, qui préféraient par humanité asservir les prisonniers que de les tuer, curieux escompte qui remplaçait un instant de douleur physique par une vie entière de tortures physiques et morales, on l'a même décrété pour faciliter la propagande de la religion. Laissons là, Messieurs, toutes ces sources originaires de l'esclavage et toutes les défenses qui ont été faites pour l'excuser, elles sont toutes marquées au coin de l'intérêt personnel et de l'égoïsme.

Ce que je veux vous faire remarquer, c'est que tant que l'esclavage a vécu, il a eu des défenseurs qui ont poussé quelquefois l'audace jusqu'à vouloir en démontrer l'utilité ; mais, une fois enseveli, le monstre n'a trouvé que des juges indignés qui l'ont flétri de stigmates ineffaçables que l'histoire a enregistrés dans ses annales immortelles.

Je dois vous dire aussi, Messieurs, que l'esclavage dans les colonies a été un des plus rudes fléaux de tous ceux qui ont infecté le monde. L'origine de cette odieuse institution n'est pas bien connue. Plutarque raconte que, du temps de Saturne, il n'y avait ni maîtres ni esclaves ; c'est depuis lors que la civilisation a fait ce monstrueux pas en arrière.

Cet attentat des hommes contre la nature, qui les avait faits semblables, a été commis dans presque toutes les parties du monde avec des circonstances plus ou moins aggravantes.

Ainsi, chez les Lombards, l'esclave pouvait contracter mariage, et si un maître débauchait la femme de son esclave, ceux-ci devenaient tous deux libres.

Chez les mahométans, on punissait de mort le maître qui avait tué son esclave, à moins qu'il ne fût prouvé que l'esclave eût levé la main sur lui.

Les Romains ne permettaient pas à l'esclave de contracter mariage. Pourtant, dit Montesquieu, « cette portion de la nation si vile qu'elle fût, il était bon qu'elle eût des mœurs, et de plus, en lui ôtant le droit des mariages, on corrompait ceux des citoyens. »

Dans nos colonies : l'esclavage était rude.

Ici, pas de concession, on n'admet même pas qu'il pût exister une ressemblance quelconque entre le maître et l'esclave, si bien que comme le dit ironiquement l'auteur de « l'Esprit des lois. »

« Les nègres ont le nez si écrasé qu'il est presque » impossible de les plaindre. Dieu n'a pas pu mettre » une âme, surtout une bonne âme dans un corps tout » noir. »

« Il est impossible que nous supposions que ces » gens là soient des hommes, parce que si nous les » supposions des hommes, on commencerait à croire » que nous ne sommes pas nous-mêmes chrétiens. »

Ainsi, Messieurs, on s'appitoie sur le sort des esclaves blancs et on trouve naturel que les nègres soient esclaves. Aussi furent-ils les derniers affranchis, les seuls qui n'excitèrent aucune pitié : et si la loi Mackau demanda un peu de miséricorde, si cette loi obtint pour eux un peu de ménagement, il faut avouer qu'elle vint bien tard et que les criminels qu'elle entendait punir trouvaient souvent des juges tolérants ou indifférents.

Mais puisque les notions élémentaires de l'équité veulent que le dédommagement accordé soit proportionnel au préjudice causé, il me semble que la réparation due aux esclaves devrait être en proportion des maux qu'ils ont soufferts.

En a-t-il été ainsi ? Nous voulons bien reconnaître que si, en 1848, les maîtres ont accepté l'affranchissement comme un fait brutal et irrésistible contre lequel

les forces coalisées seraient aujourd'hui impuissantes, ils acceptent maintenant, volontiers, pour la plupart, ce qu'ils n'avaient fait que subir alors ; que si, quelques-uns, portent encore secrètement au fond de leur cœur un deuil qui ne peut se manifester extérieurement, tous, ils savent que le passé est mort et bien enseveli. Mais, Messieurs, n'oublions pas qu'il existe toujours, et malheureusement chez un trop grand nombre, des prétentions grotesques et ridicules qui, n'osant pas s'exhaler au dehors de la colonie, produisent et perpétuent chez nous des divisions que notre dignité nous défend de regretter ; qui plus est, Messieurs, pour entretenir ces divisions, on nous donne chaque jour le singulier spectacle de métamorphoses étranges, de conditions et de noms dont le tableau nous amuserait beaucoup si nous étions venus ici pour nous divertir. Le géant est tombé, mais sur sa tombe on a élevé un petit monument funéraire, le préjugé de couleur, obstacle fragile qu'on peut applanir par la fortune et les concessions apostates, pas assez grand pour retenir notre attention, et trop petit, pour gêner notre passage.

Messieurs, le moyen le plus efficace pour le renverser est de passer outre.

Lançons-lui en passant cette apostrophe empruntée au poète Autran :

« Quand le géant tomba dans un jour de bataille, » son cadavre couvrait sept arpens de sa taille. Et » toi, si tu tombais, tu ne couvrirais pas l'espace que » mon pied mesure sous un pas. »

Le progrès marche toujours son train, les obstacles de ce genre ne sont même pas aperçus ; la science et la philosophie les rendront tellement ridicules qu'on comprendra difficilement un jour qu'ils aient pu exister.

C'est à la science que revient l'honneur des premiers pas faits vers l'adoucissement de l'esclavage, elle a su, en effet, suppléer par ses créations mécaniques au travail forcé qu'on imposait aux esclaves et qu'on supposait ne pouvoir être faits que par eux ; c'est elle encore qui, de nos jours, travaille et invente constamment pour le bien-être du prolétariat, cet autre esclave de condition contre lequel les moyens seront longtemps impuissants.

Quant à la philosophie, elle apprend aux hommes à améliorer leurs caractères, à dominer leur égoïsme, à considérer l'intérêt d'autrui comme une partie corrélative et nécessaire de leurs intérêts propres, à mettre le bien public au-dessus du bien privé ; elle tend, en un mot, à répandre dans tous les cœurs le principe de l'égalité telle qu'elle est possible, de l'égalité traduite dans cette belle maxime : « Ne fais pas à autrui ce que tu ne voudrais pas qu'il te fût fait, » et qui est le plus beau fleuron de la devise républicaine, dont les deux autres « Liberté et Fraternité » ne sont que les accessoires naturels.

Ce discours est salué par des applaudissements. M. le Président donne ensuite la parole à M. CADET, qui s'exprime ainsi :

MESSIEURS,

Modeste ouvrier, n'ayant ni le don ni l'habitude de la parole, mon intention n'est pas de faire un discours. Si je demande à dire quelques mots à mon tour, c'est pour obéir à un sentiment de profonde reconnaissance, sentiment qui éclate malgré moi, à la vue de la solennité de ce Banquet.

Je voudrais, Messieurs, joindre mon hommage à celui que vous rendez déjà tous, du fond du cœur, à l'illustre citoyen dont le nom est inséparable de cette fête, au grand philanthrope qui, après nous avoir délivrés des horreurs de l'esclavage, lutte tous les jours encore pour la défense de nos droits et de nos intérêts, à l'homme de cœur qui, non content de nous avoir rendus à la dignité d'hommes libres, a voulu compléter son œuvre en nous assurant la Liberté du travail.

C'est à ce dernier titre surtout, qu'en ma qualité d'ouvrier, je propose de boire à Victor Schœlcher, dont la vie, si longue déjà et si bien remplie, durera longtemps encore, je l'espère, pour notre bien et celui de nos enfants.

Le nom de Schœlcher soulève un tonnerre d'applaudissements ; aussi c'est avec une émotion

visible que chacun s'est levé soudainement lors-
que ce nom fut prononcé, pour saluer la belle
image du Wilberforce français, qui ornait la salle.

M. RAYMOND-SAINT-OMER propose la santé de
M. Lacascade, député, dont le patriotisme et le
dévouement aux intérêts coloniaux sont bien
connus de tous :

MESSIEURS,

Après les éloquents discours que vous venez d'entendre, après les hommages rendus à la Liberté, dont
c'est aujourd'hui la fête, à la République, notre gouvernement de prédilection, à M. Schœlcher, ce vieil
et brillant apôtre de nos libertés, je ne puis me défendre d'un sentiment de reconnaissance envers le
jeune athlète de la démocratie.

Je veux parler de M. Lacascade.

Vous me permettrez, Messieurs, de mêler son nom
aux joies de cette réunion, dont il aurait tans nul
doute fait partie, si nous avions le bonheur de le pos-
séder à Fort-de-France.

M. Lacascade, vous ne l'ignorez pas, a été un des
fondateurs, ou pour mieux dire, le promoteur à Paris,
du Banquet destiné à rappeler le grand événement dont
vous célébrez aujourd'hui l'anniversaire pour la se-
conde fois ; nous lui donnons cet hommage non-seulement à ce titre, mais encore comme le digne représentant de notre sœur la Guadeloupe ; c'est le lutteur
infatigable, toujours sur la brèche du moment qu'une
question intéressant les colonies se présente à l'Assemblée nationale.

Aujourd'hui, Messieurs, il doit être l'objectif de
tous les cœurs vraiment patriotes ; c'est vers lui que
doivent désormais tendre toutes nos aspirations,
toutes nos espérances politiques depuis que la con-
fiance de la France a appelé au Sénat M. Schœlcher ;
c'est le seul représentant des Antilles à la Chambre
des Députés.

Les éminentes qualités qui le distinguent sont tel-
ment connues et appréciées, que le gouvernement de
la République n'a pas hésité à le choisir pour lui con-

fier la haute mission diplimatique qu'il accomplit ac-
tuellement à Saint-Domingue.

Déclarons donc, Messieurs, que M. Lacascade à
bien mérité de la patrie coloniale et buvons à sa santé,
au succès de sa mission et au brillant avenir qui lui
est réservé !

Ce toast est accueilli avec enthousiasme.

M. Auguste Waddy, rappelle en termes élo-
gieux le souvenir des hommes qui ont droit à
notre reconnaissance, et termine par ce toast :

Citoyens,

Je propose la santé des membres du Gouvernement
provisoire de 1848, les pères de l'émancipation.

On ne peut penser à ces hommes illustres sans se
souvenir en même temps de celui qui eût l'honneur
de nous porter le décret d'abolition.

Vous savez tous ce qu'a été ce grand citoyen et ce
qu'il devint au 2 décembre. — Il est de ces hommes
qu'on ne saurait mieux honorer qu'en les nommant.

A la mémoire d'Auguste Perrinon !

Les cris de vive Perrinon ! vive les membres
du Gouvernement provisoire de 1848! répondent
à cette improvisation.

Alors M. Yanest Duquesnay rappelle à la
mémoire de tous le nom de Jules Simon :

Messieurs,

A côté de tous ces noms illustres que vous venez de
fêter et qui nous sont si chers par l'éternelle reconnaissance que nous leur devons, n'oublions pas celui
du Président du conseil des ministres, M. Jules
Simon. Pendant le long exil de Schœlcher et de tant
d'autres grands citoyens qui avaient voué leur exis-
tence et appliqué leur science à la défense des oppri-
més, nous avons eu en M. Jules Simon un ardent et
brillant défenseur, dont la parole autorisée s'est bien
des fois fait entendre pour flétrir l'esclavage, donner

acte aux affranchis des conquêtes qu'ils avaient faites et les encourager à en faire de nouvelles.

Ce nom, Messieurs, s'impose à notre attachement, à notre reconnaissance, à notre admiration. — Buvons donc à M. Jules Simon !

Le nom de Jules Simon produit sur l'assemblée une vive impression qui se traduit par les applaudissements les plus sympathiques.

M. Hurard propose la santé de M. Waddy.

Que de bonnes choses entendues dans cette fête de famille. Que de douces impressions ressenties, chers Concitoyens, et comme on se sent heureux d'avoir spontanément obéi aux doux entraînements de nos vœux en assistant à ce Banquet où devaient se trouver réunis d'aussi bons citoyens ! — Vous n'avez pas oublié à qui nous devons tout cela. — Nous vous rappelions au commencement de cette fête que, cette année encore, l'organisation du Banquet était due au citoyen A. Waddy. Nous qui savons à quelles difficultés il a dû se heurter pour nous réunir ici, ce qu'il lui a fallu d'activité, de persévérance, de fatigues dans l'accomplissement d'une tâche aussi ardue, nous nous faisons un devoir et un plaisir de vous inviter à vous joindre à nous pour porter un toast chaleureux de remerciements à ce dévoué entre tous et toujours infatigable citoyen.

M. Perdaf, s'associant à ce toast, improvise les paroles suivantes:

MESSIEURS.

Trop heureux de me retrouver parmi vous qui sentez si patriotiquement vibrer dans vos cœurs les fibres de ce louable sentiment que nous appelons fraternité; cet anniversaire m'enhardit à élever la voix pour vous exprimer succinctement ma joie, mon bonheur et mon amour pour vous tous, et pour la cause aussi sympathique que sainte de la Liberté.

Nous devons remercier M. Auguste Waddy, ce jeune et vigilant créole qui s'efforce à nous amener à combattre avec lui l'erreur et l'injustice, à l'exemple de notre père Schœlcher.

Nous ne nous écarterons jamais du chemin de la justice et de l'honnêteté. Ce jeune créole, permettez-moi d'en parler encore, sacrifie ses précieux moments et s'épuise à nous donner toutes sortes de preuves de son sincère dévouement. S'il persiste dans ses louables et bonnes voies, il aura agrandi cette société où l'intelligente jeunesse fait un pas de plus chaque jour.

Vive la Liberté !
Vive la République !
Vive Schœlcher !

Alors la joie est à son comble, le Président se lève et exprime le désir de voir se renouveler l'année prochaine cette belle et utile manifestation en faveur de la Liberté.

La séance est levée aux cris répétés de : Vive la République !

Paris.—Typogr. de E. Brière, 257, rue Saint-Honoré.

PARIS

IMPRIMERIE DE E. BRIÈRE

257, rue Saint-Honoré, 257

167